너희는 모두 이것을 받아먹어라

시작시인선 0527 너희는 모두 이것을 받아먹어라

1판 1쇄 펴낸날 2025년 03월 20일
지은이 박현
펴낸이 이재무
기획위원 김춘식, 유성호, 이형권, 임지연, 차성환, 홍용희
책임편집 이호석
편집디자인 김지웅, 정영아
펴낸곳 (주)천년의시작
등록번호 제301-2012-033호
등록일자 2006년 1월 10일
주소 (03132) 서울시 종로구 삼일대로32길 36 운현신화타워 502호
전화 02-723-8668
팩스 02-723-8630
블로그 blog.naver.com/poemsijak
이메일 poemsijak@hanmail.net

©박현, 2025, printed in Seoul, Korea

ISBN 978-89-6021-802-4 04810
      978-89-6021-069-1 04810(세트)

값 11,000원

너희는 모두 이것을 받아먹어라

박현

천년의
시 작

아스팔트 틈새기 순 올린 질경이
짓밟지 않고 눈 맞춘

그대 덕분에
나도 꽃일 수 있었어요

꽃 진 자리 마른 대궁만
외따로이 남았대도

꽃이었던 나를
부디, 잊지 말아요.

차 례

시인의 말

제2부 청국장

제1부 나무새 밥상

나무새 밥상

계룡산, 덕유산, 지리산, 금정산, 설악산, 오대산
민가까지 뻗은 산줄기의 등허리
좁고 긴 계곡에서 깊고 짧은 동굴까지
목숨 끊이지 않은 곳 없다

거기서 절로 자란 푸성귀
나무새 뿌리가 닿은 곳을 생각한다면
눈 감지 못하고 묻힌 역사를 기억한다면

밥상 위에 오른
참취, 개미취, 각시취, 미역취, 곰취
서덜취, 곤데서리, 곤드레, 원추리, 명이나물
더덕, 도라지, 천마
송이, 표고, 능이, 싸리버섯
함부로 젓가락으로 헤집을 수 없다

산하의 푸새
잎맥마다 새겨지고 흐르는
슬픈 맛과 향기 잊을 수 없다.

갓김치

개채芥菜는 매운맛이 난다
더 정확히는 톡 쏘는 맛이다
겨자가 매운맛이 나는 것은
갓의 씨인 겨자씨를 갈아 만든 까닭이다

소금으로 흠씬 절인 갓은
마른 고추를 불려 갈아 옷을 입힌다
그래야 버무린 뒤 홀렁 벗지 않는다
짠 간은 소금이나 액젓도 무방하나
멸치진젓을 넣어 간을 맞춰야
익을수록 깊은 맛을 만들어 낸다

개채芥菜도 맵고
간 고추도 맵고
마늘도 맵고 생강도 맵고
곁들임으로 한 줌 넣은 파도 매웁다
어매의 갓김치는 눈물이다

돌산도 비알밭의 개채芥菜는
곡비哭婢로도 채우지 못한 울음소리를 듣고

무럭무럭 맵게 자란다

이웃지의 가슴팍에 총을 겨누지 않아서

국군이 쏜 총알에 허리 끊어진 첫째

어린 막둥이의 반짝이는 이를 찾는

어매의 호미질 소리를 듣고 자란다

갓밭 가생이에 동백도 심지 않았던 어매

남은 자식 목숨 잇기 위해

이 악물고 갓김치 담그다

손톱 끝이 새빨갛게 멍들었다.

한라산 고사리

한라산 중산간 오름에
고사리비가 내려
고사리가 지천이다

굽힌 허리 펼 새도 없이
고사리순을 꺾다 보면
길 잃기 십상이다

한라산 고사리 고기처럼 맛있다
그도 그럴 수밖에
뿌리 아래 묻힌
아방, 어멍, 큰성, 당아시
할망, 하르방, 동네 삼춘들의
살과 피를 먹고 자랐으니
뿌리 끊어지지 않고
수십 년 대를 이어 꺾이고 자랐으니
앞으로 수백 년 꺾이고 자랄 것이니

애기 손 다 펴지 못한
애기 순

한라산 고사리
고기 맛이 난다.

고사리밭 구렁이

고사리밭에 고사리 꺾으러 들어갔다가
똬리 틀고 좌정한 구렁이를 만났다

무덤 자리 떠나지 못하고
저승으로 오르지 못하고
고사리 포기를 깔고 앉은
너는 누구의 한恨이더냐

흙이 된 육신은 골짜기마다 따로 떠돌고
고사리 포기 아래엔 아직도 빛나는 백골
비손으로 풀릴 한이었다면
이리 긴 세월 머물지도 않았으리라
생전의 비루한 몸뚱이를 찾아야
훌훌히 떠날 터인데
묻힌 곳이 어디인지 알 길 없으니
이승의 몸 찾아
손발 없이 배밀이하며 고사리밭 헤집는다

목포 바닷가에 사는 이들은
갈치를 먹지 않는다는 말을

어릴 적 들은 기억이 있다.

닭똥집

방짜 화로에 오대산 참숯불
화끈거리게 피어오른다
석쇠 위 횡성 한우 한 점
감로수처럼 피어오르는 육즙
안동 소주든 전주 이강주
천상의 음식 두고 연회를 연다
지식인의 식탐은 부끄러운 욕망
느릿느릿 놋젓가락으로
더께 가득한 위장을 채운다

넥타이를 풀고
허리띠를 끄르고
익어 가는 기름진 담론
구축 아파트 재건축해서
평당 2억을 육박한다며
부럽다 부러우이
진즉에 투자를 했어야 했어
증여세를 줄이려면 빨리
죽어야 할까 죽여야 할까
상속세를 낮추려면 위장

이혼하는 방법도 있다던데

프로메테우스의 고통
시시포스의 고뇌는 말하지 않고
동주의 앙불괴어천仰不愧於天은 말하지 않고

시장 난전 뒷골목 닭똥집 앞에 두고
일곱 개의 손가락으로
찌그러진 술상 두드리며
임을 위한 행진곡을 부르는
노가다꾼, 십장만도 못한
향기로운 먹물들의 대화.

미식가

그대에게 왕의 밥상 허락된 것은

그 밥 먹고

밥 굶은 사람

말 못 하는 사람들 대신하여

앞장서서 말하라는 뜻입니다

밥 먹을 자격

아무에게나 주어지는 것 아니니

그대의 격 기억하여

구멍에서 풍기는 악취

향신료에 취해

잊지 마시라는 뜻입니다.

삼합三合

오묘한 솥 다리
양극의 이二가 아니라
균형과 중용의 삼三

홍어, 돼지고기 수육, 묵은 배추김치 갖춘
나주나 영산포의 홍어 삼합
돌문어에 갓김치, 전복 등속 해물 갖춘
여수 삼합
장흥 한우와 키조개 관자, 장흥 표고버섯 갖춘
장흥 삼합
고추장, 간장, 된장 등속 장맛으로 갖춘
순창 삼합
해삼, 홍합, 쇠고기 끓여 밭친
삼합미음

하늘과 땅과 사람도 삼합
바람과 구름과 비도 삼합
해와 달과 별도 삼합
모두 빛나는 제 몫
어우러지면 더 찬란한 한몫

사람과 사람과 사람의 삼합만
칼부림의 피 칠갑 막장이라니
이 무슨 조홧속!

다산 식탁

고상하고 품위 있게
만한전석滿漢全席을 차려 놓은 식탁에 앉아
다산茶山의 책을 읽으며
산팔진山八珍, 금팔진禽八珍, 해팔진海八珍, 초팔진草八珍
세 술씩 먹는다

음식이란 목숨만 이어 가면 되는 것이다
아무리 맛있는 고기나 생선이라도
입안으로 들어가면 더러운 물건이 되어 버린다
아무리 맛없는 음식이라도 맛있게 생각하여
입과 입술을 속여서 잠깐 동안만 지내고 보면
배고픔은 가셔서 주림을 면할 수 있을 것이니
맛있고 기름진 음식만을 먹으려고 애써서는 결국
변소에 가서 대변보는 일에 정력을 소비할 뿐이다*

열두 번의 수저질을 하고 나니
뱃속이 더부룩하다
먹는 일에 집중하지 않은 탓이니

소화제 두 알을 털어 넣고
변소엘 다녀왔더니
다시 속이 헛헛하다

분주한 수저 옆
덮어 둔 책 위로
입과 입술을 속이지 못한
누리고 비린 기름내 날린다.

* 정약용, 박석무 편역, 『유배지에서 보낸 편지』, 창비, 2011, 172−173쪽.

미슐랭, 안나의 집

미슐랭의 별을 받은
파인 다이닝에 예약을 했다
밥 한 끼를 먹기 위해
줄을 서야 한다니
망나니 같은 세월이라니

오대양 육대주에서 공수한 식재료
오르되브르에서 디저트까지
수세미 같은 혀도 흡족해하였다
미슐랭 셰프의 노고와 자존심을 생각하여
상상 이상의 금액을 결제하였다

대령숙수의 수라를 받던 왕은
백성의 고혈을 하루 다섯 끼니로 먹고도
한 푼의 식대도 지불하지 않았으나
나와 식솔들의 왕인 나는
에누리 없이 돈을 내었다

왕보다 당당하게 끼니를 때우고
습한 집으로 걸어오는 길

안나의 집이 있는 좁은 골목을 지날 때
배고픈 이웃들이 밥알처럼 늘어선 줄을 보았다
미슐랭의 별이 꺼억!
깨진 슬레이트 지붕 위에서 빛을 내었다.

천 원 식당

공주 하신리 계룡산 자락 아래
소문난 고양이들 맛집
마른 밥 젖은 밥 입맛에 맞게 차려 내면
노랑 고양이 깜장 고양이 회색 고양이들
아들딸 거느리고
대를 이어 찾아드는 밥집
밥값으로 나뭇잎 한 장 물고 와도
맨발로 징겅거리며 찾아와도
아무라도 박대하지 않는 집
내 등 따숩고 배 부르다고
남의 고픈 배 외면하지 않은 미쁜 마음씨

광주 대인시장 해 뜨는 식당
시래깃국에 반찬 세 가지
흑미를 둔 따끈한 밥 한 사발
두 발 세 발 네 발 아무라도
낯 끝 다르지 않게 먹고 갈 수 있는 집
존엄의 천 원
수세미 속살같이 거친 세상
천 원으로 사람대접 받을 수 있는 집

천 원이어도 사람대접 해 주는 사람
아무라도 하찮지 않은 숭고한 마음씨.

쌀 한 톨

쌀 미米 자를 파자破字하면
八十八이란다
쌀 한 톨을 얻기 위해서는
여든여덟 번 농부의 손길이 가야 한단다

어디 사람의 손만 여든여덟 번이 필요할까
이른 봄 물 속에서 깨어난 수많은 미물들
우렁이와 미꾸라지뿐만 아니라
어린 모 흔들리지 않게 단단히 붙들어 준 땅
물을 덥히고 뿌리 내리게 한 햇빛
잎사귀 뒤집어 골고루 햇살을 받게 한 바람
몸집을 불리고 곁순을 오르게 한 비와 구름
팬 이삭 영글도록 잠을 준 밤까지
그 어느 공덕 하나 없으면
쌀 한 톨 밥알 하나 입으로 들어갈 수 있을까

늘어선 고층 빌딩
목을 젖혀 감탄하다 문득
저 마천루를 짓기 위해 목숨을 건 이들을 생각한다
손가락이 잘리고 발등이 깨지며

철근을 나르고 시멘트를 붓고 벽돌을 붙이던 이들
번개처럼 벼락처럼 추락하였으나
팔십팔 번의 공로에 이름 들지 못한 이들.

김밥 엘레지 1

금산 깻잎밭
논산 딸기 비닐하우스
조치원 복숭아나무 아래
당진 아이파크 공사 현장에서
몽골인, 베트남인, 우즈베키스탄인,
필리핀인, 중국인, 러시아인, 베트남인들이 모여
새참으로 김밥을 뜯어 먹는다

먼 집에 두고 온 사람의 얼굴
조각조각 떼어져 입으로 들어간다
젖 빨던 아들
앞니가 두 개쯤 났을지 몰라
역하고 탁한 낯선 식재료
씹을수록 멀어지는 어머니의 시간

유목하는 이국민들에게
천국의 음식 아닌
지옥의 끼니
고향 생각할 겨를도 주지 않는
과속의 끼니

세계로 뻗어가는 K-푸드랍시고
요란스레 으스대는 별칭이
부끄럽도록 호사스럽다
쿠킹 호일로 감싼
김밥 한 줄로
목숨줄 때우는 이 국민들에게는.

신문지 밥상

작지만 가족 같은 회사에 당신을 모시고자 합니다
가족 같은 분위기에서 가족 같이 일할 분을 모십니다

아버지는 어머니의 머리채를 움켜쥐고 뺨을 쳤다
딸은 단말마의 비명을 지르다가 눈을 뒤집고
터져 버린 입안에서 흐른 피가 계약서를 적셨다
핑 퐁 핑 퐁
손바닥이 뺨에 닿을 때마다 신비로운 소리가 들렸다
잡도리를 마친 아버지는 지켜보던
딸아이의 허리를 끌어안고 안방으로 들어갔다
아들은 어머니를 부축하여 제 방으로 들어갔다
짐승의 시간이 푸르르 푸르르 숨을 몰아쉬었다
아버지의 노련한 손놀림
아들의 어리숙한 몸놀림
쉿! 괜찮아, 우린 가족이잖아

한바탕 살풀이가 끝난 후
흐트러진 몸뚱이 수습하고
가족을 먹이는 마음으로 차린 밥상
신문지 위에 밥 한 덩이, 김치 한 조각

가족처럼, 가족같이 나누어 먹는다

멍투성이 누이가 차려 준 찬밥 덩이 먹고
프레스 기계에 끼어 곤죽 된
소년 예수, 최후의 만찬.

김밥 엘레지 2

마굿간의 마소도
여물 먹을 끼니 때는
고삐를 늦추는데
하물며

자금성 젓가락도 없이 손가락으로
끼니 때우지 말기를
공기같이 가벼운 밥
쌀알의 단맛 느낄 새도 없이
물에 빠진 넋 건지듯
허위허위
수저질 하지 말기를

만지면 온기 흐르는
쇠숟가락 대신
버드나무 수저로
생쌀 세 술
반함하지 말기를
구멍난 호주머니에
목 매달듯 걸린 지폐 몇 장 남겨 주고

동전 세 닢 입에 물고
먼 길 떠나지 말기를
땀으로 비벼 짠 수의 입고
목덜미에 말라붙은 소금으로
향탕수 대신하지 말기를

훌쩍 떠나지 말기를
부디 우주가 멈추지 않기를
자금성 젓가락
잇자국 난 플라스틱 수저로
남은 사람 평생 동안
울음 퍼 올리지 말기를

청양고추 장아찌

늦가을 서리 직전 걷은 고추는
갓이 두꺼워 질기고 맛없어
소금에 삭혀 무쳐 먹거나
동치미 국물 내기용으로 쓰는 정도다

간장에 박아 두고 먹을 고추는
한여름 땡볕에서 자라
바라만 보아도 매워서
눈을 흘기게 만들 만큼
바늘 끝도 들어가지 않을 만큼
땅땅하게 독이 오른 청양고추가 맞춤하다

물과 간장과 설탕을
각각의 분량대로 공평하게 섞어
부르르 끓여 한 김 식힌 후
식초와 소주를 가미하여 부어 익힌다

자고로 눈물 나게 매워야 한다
속 훑어 내리게 매워야 한다
거꾸로 돌아가는 매정한 세상 보고도

청맹과니로 살 다짐을 하며
옆도 뒤도 돌아보지 않으니
한 때 한 끼만이라도
청양고추 장아찌 씹어 삼키며
찔끔찔끔 매운 눈물 흘려야 한다 마땅히
염치없이 일부러라도 흘려야 한다.

개기름

설탕 범벅인 케이크 한 조각을 앞에 두고
사탕수수를 베던
근육질의 아프리카 노예를 생각한다

코튼 100%의 팬티를 벗고 가슬가슬한 목화솜 이불을 덮
으며
목화송이를 따던
인도의 다섯 살 소녀를 생각한다

침대 밑에 깔린 아라베스크 문양의 카펫에 발을 올리며
애니깽 농장에서
피 흘리던 애니깽을 생각한다

정원에 나뒹구는 축구공 유희를 하며
나이키 공을 꿰매던
인도네시아 열두 살 소년 노동자를 생각한다

햇살 진한 스타벅스 매장 100년이 넘은 월넛 테이블에
앉아
맨손으로 커피콩을 따던

에티오피아 처녀의 꽃향기 나는 몸을 생각한다

눈꽃 같은 마블링 소고기 양지로 끓인 육개장 건더기를
뒤적이다
지리산 산비탈을 기며 오르며
고사리를 꺾던 옹이진 손가락을 생각한다

올리브오일로 볶은 이태리 파스타를 포크로 감아 올려
씹다가
손톱 닳아 터진 손끝으로
마늘 까던 맵고 쓰라린 손가락을 생각한다

생각하는 척한다 로댕인 양
고상하고 우아하게
머리통에 둥둥 개기름 뜬 채
얼굴에 번들번들 개기름 낀 채.

쓰레기

햇살 들어오는 흙담 한 뼘 없으니
푸성귀 한 줌 말릴 데 없다
양구 펀치볼에서 나고 자란 것이
맛이 있대서
배송비를 지불하고 한 상자를 주문하여
불려 삶아 두었다가
들깻가루로 주물러 볶아도 내고
된장 한 술 간하여 무쳐도 내고
흰쌀 위에 얹어 김 올려 밥도 지어
여물처럼 먹었더니
밥상머리에 앉은 세 살 아들이
쓰레기 쓰레기 한다

아빠, 쓰레기
아니 시래기
쓰레기 아빠
아니 아니, 시래기

시래기만도 못한
아비의 삶이 쓰레기

쓰레기처럼 살아온
아비의 소망만이 시래기

아들아, 부디 시래기처럼
네 옆의 추운 사람
배 불리는 온기되기를.

고추걷이

서리 내리기 전
걷어 둔 고춧대에서
고춧잎과 다 영글지 못한 풋고추를 훑어 냅니다

고춧잎은 삶아 말려 두었다가
무말랭이 무침을 할 때 고명처럼 넣기도 하고
한 이틀 소금에 삭혀
고춧가루와 진젓으로 간하여 별찬別饌으로 먹습니다
초간장을 부어 두었다가 곁들임 찬으로 먹어도 좋습니다

애동 고추는 밀가루 묻혀 쪄 내어
양념 발라 먹으면 맛있습니다
독이 오른 풋고추는 소금물에 삭혀
동치미 담글 때 국물 내기용으로 쓰거나
통째로 고추장 양념에 무쳐도 먹을 만합니다
배를 가른 후 찹쌀 풀 발라 말려 기름에 튀기면
반찬으로도 심심한 겨울밤 간식으로도 좋은
고추부각이 됩니다

다 뜯기고 난 고춧대는

소 여물 끓이는 땔감으로 씁니다

참 맵게 살다가
매운 끝 보여 주고 떠나갑니다
열매 한 톨
잎 한 장 허투루 쓰이지 않고
알뜰살뜰 살다가 떠나갑니다

날이 갈수록 비대해지는 몸뚱이
나이 들수록 비루해지는 주둥이
매운 고춧대로 좀 맞아야 합니다.

콩비지찌개

콩 물을 밭친 후 남은 찌꺼기
껄끄러운 생콩비지에
대파 한 대 썰어 넣고
돼지고기 간 것 한 꼬집 넣고
한소끔 끓여 낸 것을 콩비지찌개라며 만 원을 받는다
한 술 떠 입에 넣으니 겉돈다
가짜다!
세상에서 가장 간사한 것이 혓바닥이라
만신의 방울처럼 알아맞힌다

콩물을 뽑아낸 찌끼
콩비지를 대소쿠리에 담고
뜨듯한 아랫목에 담요를 덮어 띄운다
하루 저녁 푹 잔 비지에선
쿰쿰하고 시금한 향이 감돈다
김장김치 두어 줄기 숭덩숭덩 썰어 넣고
새우젓이나 간간히 둘러 끓여 낸 비지찌개
국물을 바특하게 잡아 바글바글
투가리 넘쳐 흐르게 끓여 낸 진짜의 맛

부뚜막을 지키던 이가 사라진다는 것은
한 사람이 지워진다는 것이 아니라
손끝에서 갈무리된
포만의 역사가 사라진다는 것이다
두고두고 잊히지 않을
복원할 수 없는 과거가 지워진다는 것이다.

어죽

가야산 어디쯤에서 발원하여
상성리를 가로질러 삽교천으로 흘러드는 냇물
피리, 적도지, 돌고기, 중고기, 붕어
모래무지, 구구리, 빠가사리, 깔딱메기 따위
반두질로 몰아 잡아 배를 땁니다
비늘 벗긴 몸뚱이에
쑥잎 뜯어 넣고 석석 비벼
비린내를 대충 잡아 둡니다

물을 자박하게 잡아 물고기를 흠씬 삶은 후
조랭이로 살살 일어 밑 국물을 잡습니다
매운 고추장 흠뻑 풀고 파, 마늘 아끼지 않아야 합니다
펄펄 끓어오른 솥에 불린 쌀을 넣어 퍼지도록 저은 후
예산 국수도 넣고, 수제비도 떼어 넣습니다
들깻잎을 넘치도록 넣어야 제맛이 납니다

우리 집 식구 먹자고 만드는 음식 아닙니다
위아래 이우지 모두 불러 모아
더러는 앉고 더러는 서서
소주잔, 막걸리 잔 부딪치며 함께 먹는 음식입니다

상성리 냇물에 사는 별별 고기로 만든 어죽이니
상성리 별별 이우지 모여 나눠 먹는 별식입니다

은종이네 필두로 상답 팔고 하나둘 상성리 떠난 후
광에 걸린 양은솥엔 탑새기만 가득합니다
어머니의 어죽 맛 잃은 지 오래입니다
예당저수지 물가에서 파는 어죽에선
께벗고 물고기 잡던 동무들의 이름
도무지 건져지지 않으니 섭섭합니다.

분홍 소시지

도시락 반찬이 온통
깍두기, 콩자반, 시어 꼬부라진 김치였던 시절
목사 따님의 반찬은
분홍 소시지였다
분홍색 소시지에 계란물을 입혀 부쳐 낸
나를 설레게 했던 최초의 색깔
어른이 되면
팔뚝만큼 길고 굵은 소시지를
두툼하게 썰어 접시가 넘치도록 지져 두고 먹으리라

분홍 소시지 덕분에 나는 얼른 어른이 되었다
마트 진열대에서 근심 없이 집어 들고 돌아와
수북하게 부쳐 입에 넣었는데
멀컹거리는 밀가루 냄새
분홍색은 빛이 바래 허여멀건하였다
목사 딸의 얼굴도 지워져 버려
다시는 아이로 돌아갈 수 없게 되었다

가지고 싶은 것을 다 가질 수는 없다
분홍 소시지는 그리운 채로

그리워하는 채로 남겨 두어야 했다는 걸
아이를 잃고서야 알게 되었다.

계란부침

도시락 반찬으로 계란부침을 싸 오면
동무가 소리개처럼 낚아채 걷어 먹는다
창졸간에 반찬을 빼앗긴 동무는
맨밥을 꾸역꾸역 먹었다

어느 날은 계란부침이 없다
사정을 안 엄마가
밥 아래에 계란부침을 깔고
그 위에 밥을 퍼 숨겨 둔 지략이다
눈이 용처럼 매운 친구는
도시락을 엎어놓고 계란 부침만 걷어 먹었다

용호상박!
부엌과 교실
번뜩이는 수싸움의 전장戰場

푸르스름한 새벽 부엌
번뜩이는 호랑이의 안광眼光
도시락 밥을 절반 푸고
계란부침을 얹은 뒤

그 위에 밥을 덮는 완전한 위장술
용은 쓸쓸하게 중원을 포기하였다

그래도 두 동무는 학교를 졸업할 때까지
눈 한 번 흘기지 않았다
계란부침을 빼앗아 먹은 동무도
맨밥으로 점심을 때운 동무도
좋은 사람이 되어 살아갈 것이다

이제 계란은 너무 흔하여
싸움거리도 되지 못하는 시대지만
구린내 나도록 계란을 사 먹을 수 있는
어른들은
눈 흘기며 싸운다
호랑이 아닌 것이 용도 아닌 것들이
진흙밭을 뒹구는 들개 떼처럼.

사잣밥

아버지가 이승 떠나던 날
염라대왕의 사자를 위해
어머니가 지어 올린 사잣밥
소반 위에 올려진
흰밥 세 그릇
간장 세 종지
짚신 세 켤레, 동전 세 닢

맥도날드 햄버거를 올려 둘 것을
탄산 터지는 코카콜라를 차려 둘 것을
토핑을 넉넉히 얹은 피자면 어떨까
스타벅스 아메리카노 벤티 사이즈면 어떨까
눈이 번쩍 떠지는 현대의 맛을 보느라
사자의 출발이 좀 더뎌지지 않을까

사잣밥을 목에 매달고 다니는 줄 모르고
천방지방 사는 자식
멋쩍은 효자 흉내 내누나
아비 데려갈 사자의 밥상에
짜디짠 간장 놓은 뜻도 모르면서

짚신 뒤축 잘라 놓은 까닭도 모르면서.

칼국수

멸치 한 줌, 대파 뿌리 두어 개
무나 한 토막 넣고 끓인 국물에
홍두깨로 밀어 썰어 낸 생국수나 넉넉하게 넣고
한소끔 끓어오르면
부추 몇 가닥
채 썬 호박 없으면 그만
뜨끈한 국물로 추운 속 달래 주면 좋으련만

언제부턴가 칼국수 밑 국물이
한우 사골로 행세하더니
칼국수 한 그릇 값이 터무니없어
굶주린 도시를 더 허기지게 만든다

그냥 머물러도 좋을 것을
가만히 두어도 좋을 것을
기름진 도시의 혓바닥이 자꾸만 욕심을 부려
가진 것 없는 이의 빈 위장 울리기만 하는 것을.

제2부 청국장

동태찜

토막 낸 동태 소금 흠뻑 얹어 재워 두었다가
쌀뜨물로 씻어 투가리에 쪄 낸다
고춧가루가 상사화처럼 뿌려진 동태 토막
할아버지 밥그릇 앞에 새색시처럼 놓였다
뽀얀 동태 살
나이테처럼 떨어진다
생선 살이 단단해지라고
소금 넉넉히 뿌린 줄 알았더니
다음 장날은 너무 멀고
싱거우면 동태 살이 헤프니
어머니의 지혜였던 모양이다
성질 사나운 시아버지
그래도 추운 날 손끝 잡아끌어
아랫목에 녹여 주었던 추억으로
그때의 시아버지보다 늙은 어머니
투가리에 절여진 동태 토막처럼
빈방에 웅크리고 들앉았다.

청국장

어미의 젖 맛이 달다는 기억은 가짜다
어미의 젖내가 들큰하다는 기억은 거짓이다
어미의 젖은
시큼하고 뜨거웠을 것이다
대청마루에 앉아
한산모시 저고리 자락 사이로
퉁퉁 부어오른 젖을 꺼내 먹인 것이 아니라
담배밭 이랑 사이를 두더쥐처럼 기어다니다
나무 아래 매어 놓은
사람 형상이 네발짐승의 소리를 낼 때
소금 땀에 절어 붙은 젖을 꺼내어
목쉰 자식의 입술을 축여 주었을 것이다
어미의 몸뚱이는 염전鹽田이고
어미의 젖은 염수鹽水였을 것이다
최초의 맛은 짜다
최초의 냄새는 시금하다

삶은 콩을 아랫목에 두고
볏짚을 군데군데 박아 띄운다
사나흘이 지나 끈끈한 실이 콩에 얽혀 생기면

통통 절구에 찧어 마련해 둔다

고단한 노동에 지쳐 씻지도 못한 채
들일 못 하는 어린 자식이 차려 놓은 밥상에 앉으면
청국장의 쿰쿰한 냄새와
어머니의 시큼하고 짠 땀 냄새가 뒤섞여
나의 삶은 텁텁할지도 모른다는 공포가 풍겼다

청국장에선 어머니의 냄새가 난다
나는 청국장을 그리 즐기지 않는다.

보름달 빵

먹을 것이 지천인 세상
빵 한 덩이를 사기 위해
반나절 줄을 서는 풍습을
도무지 이해하지 못한다

품팔이 간 어머니가
새참으로 받은 보름달 빵
주식과 주식 사이
눌어붙은 위장의 벽을 비집고
노동의 에너지원이 되었어야 할 보름달 빵

원수 같은 해가 느릿느릿 꼬리를 감추고
밤이 발톱을 드러내면
내일로 이어진 길을 기어 어머니가 온다
순장당한 시녀의 몸뚱이처럼
찌그러진 보름달 빵을 흙주머니에 넣고
방부제 범벅인 내일을 살러 온다

족보까지 팔아먹고 인천으로 야반도주한 당숙
구척장신의 장정이

자식 셋을 남겨 두고 교통사고로 죽었을 때
그의 손에 들린 것도 보름달 빵 세 봉지였다고 한다.

조청

어머니의 설은
삼대봉사三代奉祀니 사대봉사四代奉祀니
허울 좋은 선산의 흐린 조상들을 위한 것이 아니었습니다
종부였으나 어미가 먼저인 탓
언 부뚜막을 녹여
조청을 끓이고
산자 콩강정 깨강정 따위를 만들어
다락 구석에 덮어 두었던 것은
객지에서 돌아오는 큰아들 입을 달게 하려는 까닭이었
지요

아버지의 자식이 다섯이나 되었어도
어머니의 자식은 늘 하나뿐이어서
앞세운 자식 뒤로 얻은 아들이어서
조청으로라도 이승에 붙여 놓고 싶었겠지요

엿기름을 걸러
식혜를 만든 후
가마솥에 넣고
갈빛이 돌도록 졸여 만든 조청

끈적끈적하고
마알가니 쩟쩟하고
다디단 조청

어머니의 조청은
큰아들 놓치지 않게 할
부적이었던 셈입니다.

동태탕 한 그릇

연탄 배달을 끝내고 돌아와
언 몸을 녹이시라고 끓여 둔 동태탕이
한 김 가시기도 전에
어머니의 사망 소식을 전하는 경찰의 전화를 받았다

죽음은 갑작스럽다
마땅히 그러해야 한다
곁에 있다고 눈치를 주어도
내일쯤 찾아오려니 무시한 까닭이다
벼락같이 태어났으니
소나기처럼 떠나는 것은 마땅해야 한다만
그건 남의 죽음일 때나 유효하다

어미 아비 따라
노가리만 한 손주 새끼들까지
물이 끓어오르듯 운다
고춧가루, 마늘, 생강, 후추 따위로
잡은 국물에 수장당하는
동태 토막처럼 입관을 하였다
부르르 끓어오르는 화로에서

한 줌 재가 되고 말았다

어미를 잃은 딸은
한겨울 추위에도
동태탕 따위는 쳐다보지 않는다.

두부

어머니의 두부는 단단하였다
끓인 콩 물에 간수를 넣어 살살 굴리면
몽글몽글 구름처럼 엉기던 두부 알갱이
베 보자기를 깐 나무 상자에 바가지로 떠
조심조심 가둔 후
보자기를 덮고
근력을 써야 할 만큼 무거운 것을 올려
하룻밤을 재우면
허풍선이 같던 몸집이 볼품없이 낮아진다

어머니의 두부가 진가를 발휘할 때는
된장찌개에 넣었을 때이다
납작한 몸뚱이 만만하게 보고 욕심껏 잘라 넣으면
부르르 끓어오르며 투가리 넘치기 일쑤이다
조그맣게 웅크리고 있던 몸이
된장 국물을 빨아들이며
수국처럼 푸들푸들 피어올라
밥상을 꽃밭으로 만들었다

두부 같던 어머니

난장이 소나무처럼 왜소했지만
비 맞는 자식을 보고 달려올 때는
신화 속 거인이 되었다.

기주떡

쌀가루를 막걸리로 반죽하여
하룻밤 재워 떡을 찐다

자식들 주전부리로 단수수 한 포기 심지 않고
빈 논두렁마다 콩을 심던 어머니

흰 떡쌀 위에 고명으로 얹은
붉은 맨드라미 꽃잎 한 송이

아궁이 앞에 쭈그리고 앉은 종가 며느리
머슴 아버지에게 겁도 없이 시집온 수줍은 마음.

고깃국 한 사발

한뎃밥 먹던 큰아들 제집이라 찾아오면

돼지고깃국은 제일 먼저 뜨고

소고깃국은 제일 마지막에 뜨던 어머니

하늘에 계시지 않고

눈물 속에서 헤엄치던

노모의 큰아들.

아주까리

열라는 콩팥은 왜 아니 열고
아주까리 동백만 왜 여는가

아주까리 동백아 열지를 마라
산골 큰애기 떼난봉 난다

아주까리 동백아 여지 마라
누구를 꾀자고 머리에 기름

고추 따느라 허리 펼 새 없는 아낙들
수건 머리에 쓴 어머니 선창에 후렴 매긴다

아주까리 동백기름 머리에 발라 봐야
쳐다볼 사내 하나 없는데

아주까리 씨나 한 줌 털어 넣어 볼까
그러면 질긴 노동 끊어지려나

제비 새끼처럼 기다리는 자식들 눈에 밟혀
아주까리 잎 후둑후둑 끊어 집이라고 돌아와

삶아 말린 묵나물로 목숨 잇는다
독과 밥은 한 끗 차이다.

부엌 풍경

낮은 기약 없이 길고
밤은 속절없이 짧다

꿈꿀 새도 없이 일어나
조왕각시에게 정안수 떠 올린 후
가마솥에 밥을 안치고
아궁이에 불을 지피고
쭈그리고 앉아 졸다 보면
어두운 부엌문 틈 스며들어
등을 베는 햇살

첫 아들이 젖을 먹은 요람
친정 사연 삼킨 울음터
맵짠 사연이 재티처럼 날려도
투가리를 받아 안은 잿불처럼
마지막 힘을 짜내어
식구들 명 잇는 공양주의 기도터

하얀 재로 남은 콩대
하얗게 늙은 어머니

재 앉은 부뚜막에 버려진

허리 굽은 부지깽이

천장에 거미줄 같은 그을음

이 빠진 사기 밥그릇

녹슬어 뒹구는 수저

새끼들 이소離巢한 둥지처럼

껍데기만 남은 어머니의 부엌.

비계 한 덩이

선 자리에서
육고기 한 근은
너끈하셨다던 아버지

아버지의 아버지와
아버지의 어머니와
아버지의 크고 작은 의무가
따듯한 밥상을 받는 사이

얻어 온 돼지비계 한 덩이를
기름이 다 빠지도록 구운 후
검은 부뚜막에 걸터앉아
등 돌리고 삼키던 아버지
영글지 않은 뇌리에 찍혀
흑백사진으로 남았습니다

가늠할 수 없고
형언할 수 없던
젊은 아버지의 뒷모습

그날 이후 입때까지
아버지보다 순정(純正)한 밥을
아버지보다 절실한 밥을
먹어본 적이 없습니다

앞으로도 먹을 수 없을 테지요.

아버지의 주기도문

해가 똥구멍까지 치받치도록
늦잠을 잘라치면
잠결인 듯 꿈결인 듯
아버지 기도 소리 들린다
밥 먹고 자라
밥 먹고 더 자거라

게으른 자식 머슴으로 부릴 요량
일찍 깨워 들일 내보낼 용심도 아닌데
매매 끼니때 되면
바지런한 암탉처럼
방문 앞을 서성이며
밥 먹고 자라
밥 먹고 더 자거라

놓친 끼니 다시는 돌아올 수 없음을
흘린 끼니 다시는 채울 수 없음을
너무 일찍 깨달아 버린 아버지의 사랑법
굶주림의 두려움이 가르쳐 준
아버지만의 주기도문

이것은 나의 몸이니 너희는
모두 이것을 받아먹어라
밥보다 더 큰 신 없던
아버지의 애타는 기도 덕분에
다섯 자식들 허기지지 않았구나.

제사상

벌써 오셨습니까
메에 한김이 오르기도 전인데
어찌 서둘러 오셨습니까

아버지의 아버지도 모시고
아버지의 어머니도 함께 오셨습니까
삼십 년도 더 먼저 집을 지은
사촌 아우도 데리고 오셨습니까

잡곡 섞이지 않은 메에
소고기를 넘치게 넣어 끓인 맑은 탕과
고사리, 시금치, 도라지로
삼색나물도 차렸습니다
농약 뿌리다 쓰러진 과수원집에서
사과와 배도 몇 알 사 차렸습니다
두더지같이 모여 살기를 바랐겠으나
제 뜻대로 살아지지 않아 뿔뿔이 흩어진
아들들이 쳐 낸 밤도 한 접시 올렸습니다
소고기 산적에선 온기 오르고
철질한 부침개도, 식혜도, 옥춘당도 있고

팔뚝만 한 부세조기도 애써 마련하였으니
살아서 입에 대지도 않았던 술도 한잔 하시며

꼭꼭 씹어 드십시오
배부르지 못했던 젊은 날이
다시는 떠오르지 않을 만큼
오늘만은 새벽닭이 울 때까지 앉아서
배고팠던 여덟 살 기억도 없게 잡수십시오

오늘 배부르지 않으면
오늘 배부르더라도
다시 일 년을 기다려야 할 터이니.

우렁이 쌈밥

우렁이 뱃속의 작은 알
어미 뱃속에서 부화하여
어미의 연한 속살을
다 갉아 먹은 후
모양 갖춘 우렁이 되어
스멀스멀 세상 밖으로 기어 나옵니다
속을 다 내어 준 어미 우렁이
껍데기만 물 위에 떠돌다
어디로 갔는지 모르게 사라집니다

우렁이 쌈밥을 시켜 놓고
어머니 손 같은 상춧잎에
우렁이 쌈장을 푹 떠서 올려
볼이 미어지게 욱여넣다가
젖은 수저를 내려놓았습니다

껍데기는 어디로 떠내려갔을까요
눈물 따라 어디로 흘러갔는가요.

돼지 등뼈 해장국

젓가락으로 너무 헤집지 말아요
푹 고아서 살살 털어도 살 쏟아지니

뼈마디 분지르며 빨아들이지 말아요
수저로 건드려도 허리는 힘 없이 무너지니

목덜미에 칼날 받으면서도
남은 자식 굶을까 걱정하느라
뜬 눈 감지 못했던 늙은 아버지.

박하사탕

가을 다람쥐는
제가 묻은 도토리를 다 찾아 먹지 못한다
다람쥐가 잊어버렸거나 잃어버린 도토리는
이듬해 봄 예기치 못한 곳에서
더러 싹을 틔워 나무가 되고
종국에는 울창한 숲을 이룬다
겨울을 준비한 바지런한 마음이 키운
크고 검은 숲

허리를 잔뜩 구부린 채
다리를 그러모으고
겨울잠을 자는 다람쥐 새끼처럼
누워 있던 할머니
깊고 어두운 잠을 깨지 못하고
다람쥐가 만든 숲으로 돌아갔다

할아버지 옆에 할머니를 눕히고 돌아와
보전하던 자리를 걷었더니
비단 박하사탕이 도토리처럼 쏟아졌다
덕산 둔지미에 사는 육촌 아우

청양 칠갑산 자락에 사는 이종사촌의 예물
할머니가 잃어버렸거나 잊어버린 박하사탕은
싹을 틔우지 못하고
어머니의 손에 우르르 버려졌다

할머니의 박하사탕은 이승에서
향기가 비단처럼 하늘거리는
박하풀로 자라지 못했다
어쩌면 할머니는
크고 검은 숲이 되지 못한
박하사탕을 찾아 다람쥐처럼
하얀 숲을 헤매고 있을지도 모른다.

비름나물

손도 느리고
말재간도 없어
드센 동서들 사이에서
늘 조리돌림당하던
연안 김씨 내 할머니

주태백이 할아버지
그래도 밤은 수줍고 정다워
아들 넷을 둔
덕산 둔지미가 고향인 내 할머니

고양이 걸음으로
이랑 사이를 살금살금 더듬어
수줍은 새색시
제비꽃같이 고개 숙이고
뿌리 다칠까 느릿느릿 줄기만 골라 끊어
고추장을 넣고 무쳐 주셨던
비름나물

벙어리매미같이 슴슴하고 재미없는 나물

짜릿하게 혀 감기지 않고
지릿한 풋내가 나던 나물

오일장 구경 나온 촌닭처럼 놀란 얼굴로
영정 사진으로만 남은 할머니.

쇠고기 장조림

홍두깨살이든 등심이든 안심이든
우둔살이든 설도든 사태든 가릴 것 없이
혓바닥이 불러들이는 대로
제 주머니 형편대로 끊으면 될 일

끓는 물에 데친 쇠고기 체에 밭쳐 찬물에 헹궈 물기를
뺀다
　넉넉한 냄비에 데친 쇠고기, 물, 마늘, 생강, 청주를 넣
고 한소끔 끓인다
　간장, 설탕을 넣고 센불에서 끓어오르면 약한 불로 줄여
　뭉근히 끓여 조린 쇠고기를 한 김 식혀 결대로 찢으면 완
성이다

연탄장수 막내딸
구공탄 몸뚱이만큼 너그럽고 착한 아내는
유독 쇠고기 장조림 앞에서는 손을 떨었다
임대아파트에서 신접살림을 차려 살 때나
밥술이나 뜨게 되어 대전으로 이사 나온 후에도
아내는 장조림 앞에서 몸을 숙였다
어릴 적 아주 큰 부자나 먹는 음식이어서

여전히 아주 큰 부자나 먹는 음식 같아서
성큼 먹는 것이 두렵다 하였다
밥그릇에 큰 덩이 하나를 집어 주었다

가난을 잊지 않은 겸손한 마음
수줍고 연민한 아내의 소걸음 덕에
안개 헤쳐 만 리를 걸어왔구나.

산딸기

어미의 하얀 피가
빨갛게 멍든 열매

먼저 떠난 나의 내가
가장 좋아했던 열매

어미 몸에 새겨 둔 지문들은
선잠처럼 흐려져 흩날리고

못다 푼 회한悔恨 불두화佛頭花처럼
다글다글 검붉게 영그는데

빈손 되고 나서야 그제서야
함빡 가득 찬 손이었음을 뉘우치느니

너를 품에 안고 웃던 기억이
낙화烙畵처럼 6월이면 빨갛게 되살아나

참척慘慽의 고통
지우려는 죄를 짓지 않으리니

신의 질투 때문에 황망하게
박주가리처럼 터져 날아간 생

찰나여서 더욱 아름다웠던
산딸기같이 고운 내 사람아.

밤 한 톨

산 푸른 골에 틀어박혀 사는 형님이
말가웃 밤을 보내 주었다

좁디좁은 송이였으나
밤 세 톨 정답게 들어 자라
반들반들 손때 묻혀 길러 냈는데
지난여름
영글었던 자식 하나 먼저 떠났다

화로에 들어가는 자식을 보고
아비는 어금니 깨지는 줄도 모르고

밤송이를 쏘아 대는 왕탱이를 탓할까
생때같은 자식을 놓친 아비는
애꿎은 밤나무에 발길질한다
다 터지지 못한 눈물이
후두둑후두둑 머리통에 떨어진다

밤이 서럽게 운다
밤이 서늘하게 뒤척거린다

반들거리는 밤 한 알 손아귀에 쥐고
껍데기에 칼집을 넣을 수도
찔 수도 구울 수도 없다.

다식 몇 알

산 일 번지
늙은 스승의 뜰
대문 열린 마당
쟁반만 한 마루
다과상에 얹어 놓은
송화 다식 말라 간다

해가 뉘엿 저물 무렵
스승만큼 늙은 제자의
발자국 소리 들린다
질긴 침묵 녹이는
연꽃 같은 미소 번진다
수壽, 복福, 강康, 영寧
송화 다식 내음 따뜻하다

오월 어느 날
천지 사방에 송홧가루 날릴 때
만장 한 장 없이
송홧가루처럼
날아가 버린 스승

수복강녕 하지 못한
다식판만 담벼락에 덩그러니
위패처럼 걸려 있다.

갈칫국

제주 바다를 헤엄치던 갈치
은빛 옷이 벗겨진 채
네거리 식당 사발에 담겨 있다
싱싱한 애기 배춧잎 뜯어 넣고
노랗게 익은 호박 저며 넣어
소금 간으로 담백하게 끓여 낸 술국

일 년에 딱 두 번
육지의 분주한 일을 마치고 아우를 만나러
제주섬을 드나든 지 이십여 년
얼굴 마주하고 밤새 기울인 술잔
반갑고 쓰리고 기쁘고 아픈 속을 달래 주던
아침 해장국

눈물 뿌리며 한라산을 등지던 어제는
설문대할망 치마폭에 묻힌 전설이 되고
헛된 숨 쉬지 않고 가쁘게 달려
이제는 어엿한 사장님이 되어
피 한 방울 안 섞인 형도 형이라고
사람대접 해 주며

대접해 주던 갈칫국

참말 희한하게도 육지로 돌아와
아무리 싱싱한 갈치 토막을 사다 끓여도
서귀포 네거리에서 먹던 맛이 나지 않는 건
앞자리 마주 앉아서 갈치 비늘처럼 반짝이던 아우
사람의 웃음이 없기 때문일레라.

산수유 열매

열대여섯 남짓의 소년
번호판 없는 오토바이를 타다가
순찰 돌던 경찰에게 붙들렸구나
하필 수은주가 영하로 떨어진 날
좁은 어깨를 접고
옹종하게 서 있던 아이
회색 추리닝 바지
양말도 없이 구겨 신은 신발 위로
까치발목이 훤하게 나왔다

너의 아비도 산수유 열매를 찾아
발목을 훤히 드러낸 까치처럼
펄펄 날리는 눈발을 헤치고
산속을 헤집고 다녔을 것이다
감나무 가지 빛나는 까치밥에
눈길 한번 주지 않고
홍시의 단맛은 기억하지도 않고
너를 위해 마른 혀를 깨물었을 것이다

너의 열병 같은 자유와 폭주의 욕망 뒤에는

산수유 열매를 달여 먹이며
너를 길렀을 아비의 공덕도 있을 터이니
아이야,
네 혈관을 타고 흐르는
산수유 붉은 알알 잊지 말으렴
네가 아비의 나이가 되어
산수유보다 붉은 눈물 떨굴지도 모를 일이니.

제3부 수제비

수제비

용광로처럼 끓는 솥
멸치 국물에
수제비 반죽을 떠 넣으면
꽃처럼 하얗게 피어오른다

배곯은 이의
하느님이다

나의 시도 몇 편쯤은
수제비처럼 뽀얗게 떠오르길 빈다
갈앉은 수백 조각의 기도 가운데.

밥

세상 같은 건 더러워 버리는 것이다*
미련을 놓아 버리려
미몽의 목숨에
미련한 줄을 걸었으나
질긴 목줄마저 하찮은 나를 뿌리쳤구나

가계도에 적힌 무수한 이름들에게서
버림받아 떨 때
얼마나 더 무거운 짐을 지고 찾아가야만
쪽잠의 쉼이라도 허락하시려는가
구원자라니 믿고 매달렸던 그도
그의 아비도 나를 팽개치고 외면했을 때
응답은커녕 눈길도 주지 않아 엎어져 울 때

나를 일으켜 세워
부러진 목뼈를 맞춰 주고
등짝에 묻은 흙먼지를 툭툭 털어 주고
아무것도 추궁하지 않고

시답잖은 충고 따위 쥐여 주지 않고
향기와 악취 모두 내 것이라고
익은 것과 날것 전부 내 것이라고
훈김으로 알려 주던 내 편
생의 유일唯一한
시.

* 백석의 노래 「나와 나타샤와 흰 당나귀」의 한 구절을 염치 불고 모셔옴.

종콩 한 줌

자식보다 더 소중한 자식이었다
두 발로 걷는 자식은
살림을 불리지 못하였으나
네 발로 걷는 자식은
아버지의 희망이었다
어머니의 자랑이었다

대처大處로 공부를 하러 가는
두 발로 걷는 자식의 학비를 마련하느라
아버지는 네 발로 걷는 자식을 내다 팔았다

네 발로 걷는 자식이
집을 떠나던 날 새벽
어머니는 종콩 한 줌을
여물통 귀퉁이에 놓아 주고
목덜미를 쓸어 주었다
네 발로 걷는 자식이 떠난 구유엔
코뚜레와 목 방울만 덩그러니 남았다

네 발로 걷는 자식이 떠난 길의 반대로

두 발로 걷는 자식이 떠났다
바람만 흐느끼는 빈집
목 방울 소리가 환청처럼 들렸다

네 발로 걷는 자식은 다시 돌아오지 않았다
두 발로 걷는 자식도 아직 돌아오지 않았다
종콩 익어 가는 냄새가 다 가신 후
두 발로 걸어 떠났던 자식은
요령 소리를 울리며
네 발로 돌아올 것이다.

가을무

땅은 파고드는 예봉을 자꾸만 밀어내고
돌파구를 찾지 못한 몸통은 방향을 바꾸어 자란다
팽팽한 긴장만 무성하다
잎 사이로 파고드는 햇빛에
몸통은 연초록으로 익어 간다
바랭이로 쓱쓱 문질러
왈칵 베어 씹으면
달고 청량하다
뱃속이 환해진다

둥글거나 네모지거나
길거나 짧거나
찌거나 볶거나 무치거나
말리거나 물에 박거나
아무 모양대로 휘둘러도
혼자면 혼자대로
곁들여지면 곁들인 대로
어우르나 제 본성을 잃지 않는
둥근 우주

세상 속 어두운 점 하나
서리 하얗게 뒤집어쓰고
도열한 무밭 한가운데 서면
순하디순한 무 닮아져
덩달아 빛나 밝아진다.

딸기

언니는 딸기를 좋아했다
늘 우울감에 빠져
단풍처럼 시들어 가던 언니
동생은 언니를 달랬다
언니, 봄이 오면 나랑 딸기 뷔페에 갈까?
언니의 눈이 딸기꽃처럼 반짝였다
언니는 그렇게
겨울을 버티어 내었다*

가을호 원고 청탁서를 받아들었다
난 여름을 넘길 수 있게 되었다.

* 온라인 커뮤니티 더쿠에 올라온 글을 소재로 함
(무명의 더쿠 https://theqoo.net/1265299135).

곰새기

웃소금을 덜 두었더니
된장에도 고추장에도
곰새기가 꼈다
우거지로 단도리를 하지 않았더니
김장김치에도 곰새기가 꼈다

치솟은 압력이 빠져나갈 구멍이 없어
부글부글 들끓는 속
와글와글 시끄러운 속
솟구치는 감정을 다독이고 덮어 줄
소금도 우거지도 없이

넘치지 못하고
제 몸 삭힐 용기도 없어
발효된 것도 아니고 썩은 것도 아닌 시
창백한 종이 위에 곰새기로 피어 오른다.

돼지국밥 1

눈, 코, 입으로 섭식하는 나는
돼지국밥을 먹지 않는다
틉틉한 국물에 잠긴
새소리를 듣던 귀때기도 보이고
밥때 주인을 보고 웃던 주둥이도 보이고
바람의 냄새를 맡던 콧구멍이 보인다

아냐, 사실은
제 모든 것을 다 내어 준 돼지를
애도할 용기가 없기 때문이야
평생 동안
달콤한 말 찾아 듣느라 귀가 짓무르고
가시 돋힌 말 뱉느라 입안이 헐고
양지의 냄새만 찾아 헤매느라 코가 썩어 버려
돼지만도 못하게 산 내가
돈오頓悟의 보시 앞에서
무슨 염치로 숟가락을 들 수 있을까

틀림없이 요긴할 때
꼭 맞는 쓰임새가 되지도 못한

국밥 한 그릇도 되지 못할
치욕의 살덩어리.

누룽지

최전선이다
백만 대군의 화력이
흐트러짐 없이 밀려든다
물과 불의 사선
팽팽한 긴장
정점의 찰나
카오스의 시간이 멈춘다
고요해진 전장

나의 운명은 총알받이다
온몸의 진액이 빠져
딱딱하게 굳어진 경계
초병은 빠르게 말라 간다
후방은 안전하다

기름진 이의 식탁에 탕으로 진상될거나
가루가 되어 도시 비둘기의 모이 될거나
선택은 의지와 무관하다
아무도 기억하지 않는다
가을을 태우는 냄새만 남기고

유령처럼 사라질 쌀알의 운명
공손히 받아들이면 그뿐.

돼지국밥 2

그대는 그대들에게
뿌연 땀이다
노동의 힘을 주는 밥이다
아비에게 아비가 주는
뜨끈한 위로다
누린내 나게
하루를 살아 낸 육신에게 주는 훈장이다
다시 올 내일의 휴식이다

그대는 나의 외로움이다
거나한 취기로 그대와 마주 앉아
응답하지 않는 기도
지금 거신 번호는 없는 번호이거나
지금은 전화를 받을 수 없는
모멸스러운 기다림에 지쳐 갈 때
따뜻하고 둥근 미소를 보내 준 유일한 벗이다

해체되어 전체를 볼 수 없으나
해체되지 않은 전체보다 더 온전한 그대
죽어서도 살아서도 그대가 될 수 없는

미욱한 인사의 최후의 만찬.

덤부렁김치

무채, 대파, 쪽파, 갓
마늘, 새우젓 등속 양념에
고춧가루 슴슴하게 버무려 속 재료 마련한 후
말강물을 흥건히
첨벙대도록 부어
절인 배추를 덤벙덤벙 담가 담그는 김치
배춧속을 켜켜이 채워
겉잎으로 꼭꼭 여미지 않고
느슨하게 조금 게으르게
숨 돌게 담가 국물도 시원하게 떠먹는 김치
붉게 불타오르지 않아도 김치는 김치

죄 많은 인사라
셔츠의 윗단추를
삼복의 무더위에도 여민 채
비뚤지 않게
삐뚤거리지 않게
또박또박 걸었으나
길에 난 발자국은 난장
물에 비친 머리칼은 난발

118

덤부렁김치 한 사발
건지에 국물 떠 들이켜 봐
그 맛이 일러 주는 대로
한숨 돌리고 살아
덤벙덤벙
조금 느슨해져도 괜찮아
하늘에서 보면 다 그림일 터인데
무에 무거운 걱정을 그러안고
내일 떠오를 해를 근심하며 사누.

시룻번

가마솥 위에 시루를 앉히고
떡쌀을 두어 떡을 쪄 낸다
가마솥의 끓어오르는 김이
시루를 향할 때
맹렬한 김 새지 말라고
이음매에 떼어 붙이던
밀가루 반죽 혹은 쌀 반죽

나는 반죽이 좋지 못하여
평생 시룻번조차 되지 못하였어라
일생 가마솥이 되고자 하였고
시루가 되고자 하였으며
떡쌀을 그리워하였고
그도 아니면 아궁이의 장작이 되고자 했을 뿐
개갈 안 나는 시룻번 따위는 꿈도 꾸지 않았으나

시룻번이 없으면
피시식피시식 헛짐만 빠질 뿐
시루떡은 맛도 못 보게 되리라는 걸
반죽으로 뭉쳐지지도 않게

찰기 날아가 먼지처럼
흩어지게 되어서야 깨닫고 말았다.

백설기

백날을 견뎌 내었으니
잔치의 주인 될 만하여라
멥쌀을 곱게 빻아
아무 고물도 넣지 않고
시루에 김 올려 하얗게 쪄 낸 떡
새하얗게
이물감 없이
세상의 사악한 것
마음에 품지 말고
희고 깨끗하게 살라는 소망
백 명의 기원이 담긴
백일상 백설기

백설기 진설하던 소망 아랑곳없이
희고 빛나던 몸뚱이는
풍진風塵을 뒤집어써 거뭇해지고
구더기 같은 욕심이
몸뚱이를 갉아먹고 자리 잡아
고물 대신 고물고물 그득해졌구나

귀밑머리 하얗게 바람에 날린다
흰 비늘 떨어지는 몸뚱이를 벅벅 긁으며
헛된 소망 읊조린다
수십여 년 전 백일상
백설기 한 상 다시 받고 싶어라
빛나는 백설기 한 덩이
두 손으로 모시고 싶어라.

도토리묵

얄궂은 몸이다
젓가락 끝을 대면
집히지 않으려는 듯
촐랑촐랑 몸뚱이 튕겨 낸다
나무에서 떨어질 때도
까르르 웃으며 낙하를 즐긴 것 같다

둥근 몸이 맷돌에 갈려 가루가 되어
네모난 죽음을 맞이하여도
탱탱하게 슬픔을 견뎌 냈구나

공손히 숟가락 들어
한겨울 산짐승 살린 둥근 몸
먹을 것 없는 사람 살린 네모난 몸
너의 공덕을 애모하여라.

밥 한 사발

뻣세기 그지없는 글자가
올 때가 있다

조심히, 안녕,
오래도록, 안녕히,
이런 무심한 유심이
얼음장 같은 가슴팍을 쳐 댈 때가 있다

마음이 주저앉을 때
밥 한 사발 넉넉히 퍼서
양은 쟁반에 차려 내어 준
그대, 사람의 마음

별이 하늘에만 떠 있는 것은 아니다
그대가 별이 아니라
별이었음을
너무 오래 잊고 살았다.

손바닥 부처

서리 내리기 전
단풍 든 깻잎 훑어
소금물에 삭혀 곰삭으면
양념 발라 김 올려 쪄 낸다
한 잎씩 집어
쌀밥 위에 척 걸쳐 먹으면
깨벌레들이 갉아 먹을 것
빼앗아 먹은 죄책감 들 새도 없이
박하 향처럼 서늘한 기운 감돈다

햇살 향기로운 늦가을 들녘
잎맥 따라 들려오는
와삭와삭 깨벌레들의 불경 소리
대웅전 부처님의 미소 같은
깻잎의 앙상한 보시
깻잎장아찌 앞에 둔 밥상
입은 이미 열반에 들었다.

시래기

오래 살고 볼 일이다
김장 끝나면 걷어다
마소나 먹이거나
두어 두름 엮어 달아 두었다가
마지못해 끓여 먹었던 것
어느새 영양가 덩어리로 풍문 돌더니
풍설이 돈이 되더니
밑동 쳐 버리고 웃줄기만 걸어 말려
명품 치장하고 도시로 밀려든다

견디고 보자
어떤 세월이 우리 앞에 놓일지는
계룡산 만신도 찍어 맞힐 수 없으니
넘어지지 말고
넘어진들 어때
벌떡 일어나서 처마 끝에 걸려 보자
부스러져 바람에 날릴 때까지.

해 설

배곯은 자를 위한 한 그릇 거룩한 시

이현승(시인)

1.

발터 베냐민의 「산딸기 오믈렛」은 짧은 에세이지만, 맛에
관한 가장 심오한 전언을 품고 있다. 지상의 모든 권세를
손아귀에 쥐고도 날로 침울해지기만 하던 왕이 어느 날 자
신의 궁정 요리사에게 50여 년 전에 맛보았던 '산딸기 오믈
렛'을 다시 맛보게 해 달라고 한다. '기적처럼 힘이 되살아
나고, 새로운 희망이 샘솟게 하는 오믈렛'을 맛보고 싶었던
것이다. 그러나 궁정 요리사는 자신은 그 음식을 만들 수 없
으니 차라리 곧장 교수형리를 불러 자신을 죽여 달라고 왕
에게 요청한다. 그는 "산딸기 오믈렛의 요리법"은 물론 "하
찮은 냉이에서 시작해서 고상한 티미안 향료에까지 이르는

모든 양념을 훤히 알고 있"으며 "오믈렛을 만들 때 어떻게 저어야만 마지막 제맛이 나는지도 잘 알고 있"지만, 그럼에도 불구하고 왕이 50여 년 전에 맛본 산딸기 오믈렛에 포함되었던 "전쟁의 위험, 쫓기는 자의 주의력, 부엌의 따뜻한 온기, 뛰어나오면서 반겨주는 온정, 어찌 될지도 모르는 현재의 시간과 어두운 미래"와 같은 것을 마련할 수 없기 때문에 자신은 그 맛을 낼 수 없다고 잘라 말한다. 궁정 요리사의 이 촌철살인은 맛이라는 감각 경험이 얼마나 많은 주관적 요소들을 포함하고 있는지를 잘 보여준다. 절대적인 맛 자체를 규명하려는 자에게는 아마 이보다 더 애석한 지점은 없을 것이다. 시고, 달고, 쓴 맛 외에 맛에 영향을 미치는 여러 심리적 요소들은 너무나 많다. 원효대사의 해골물과 일체유심조는 베냐민의 '산딸기 오믈렛'의 우리 식의 (불교) 버전이라 할 만하다. 맛이 가지는 주관성에 뿌리를 둔 다른 고사를 우리는 저 춘추전국시대 월나라 사람 '구천'의 (와신)'상담'에서 찾을 수 있고, 구도와 깨달음의 길에서 승려들이 먹는 거칠고 소박한 수행식을 생각해도 금방 알 수 있다. 그러나 감각의 가장 취약한 지점은 아무리 달고 안락한 감각일지라도 반복 앞에서는 장사가 없다는 것이다. 절대 미각에서 맛은 존재할 수 있으나 안타깝게도 인간은 같은 문제로 연속 두 번 놀라지 않는다.

그러므로 발터 베냐민 이후로 음식과 맛에 대해 말한다는 것은 단순히 그 음식이 지니는 객관적인 맛 평가에 머무는 일일 수 없다. 그것을 우리의 문학사에서 가장 잘 보여준이 중의 하나가 시인 백석이었다. 백석의 후기시들은 모종의 여행 경로를 지닌다. 맛의 근원, 종족의 시원을 향한 여정이 그것이다. 그는 지역의 여행길 위에서 맛보는 음식을 통해 바로 자신을 포함한 종족의 누대에 걸친 삶과 삶의 투쟁이 응축된 결과로서의 맛을 완미하고는 하였다. 궁벽한 산지를 여행하면서 맛보는 음식에서 그는 고구려인들의 숨결과 신라 사람들의 맛을 추체험하곤 했던 것이다. 여행지에서 진미를 맛볼 뿐 아니라 그 맛에 감응하는 자신의 어떤 기질과 기원을 느낀다는 것, 그것이 백석의 시가 발견한 존재의 기원이다. 더욱이 자기와 자기 종족 전체의 존재가 부정당하는 시대에는 음식과 맛을 통한 자기 탐색이란 그 자체로 자기 존재에 대한 긍정에 도달하는 방법일 수도 있었을 것이다. 음식에 대한 이러한 시적 몽상은 백석의 길이면서 동시에 백석의 시에 그 맥을 이은 박현 시인의 것이기도 하다(그는 백석 연구자이기도 하다).

박현의 네 번째 시집『너희는 모두 이것을 받아먹어라』는 그야말로 온갖 음식의 향연이라 할 만하다. 연작이나 반복도 있지만 이 시집에 실린 60편의 시들은 거의 편편이 다른 '음식—맛'의 내러티브를 가지고 있다. 음식과 맛을 주제로 기획한 시집을 박현이 처음 시도한 것은 아니다. 박현의 시들은 겉으로는 음식에 관한 이야기이지만, 그 뒤에는 각기 다양한 인생과 인생의 순간들이 날카로운 유비로 포착되어 단순한 시선으로 수렴하기는커녕 각각의 고유함으로 빛을 발한다. 나직하지만 곡진하고, 수수한 이야기 끝에 코끝이 아리다. 박현의 이러한 작업은 아마도 이전 시집에서 그 발판을 마련한 것이라고 보는 것이 타당할 것이다. 직전의 시집『붉은 반함』의 추천사에서 이숭원은 박현의 이 놀라운 시적 맹아를 다음과 같이 일갈했다. "그의 시는 풍자에도 일가견이 있지만, 단연코 말하건대, 타의 추종을 불허하는 서정의 극치는 3부에 담긴 18편의 음식 시에 있다. 감정의 기미를 한눈에 파악하는 천부의 재능으로 세상사의 곡절을 토속 음식에 농축하여 농밀한 감각으로 고유의 정서와 풍미를 엮어내니, 이 방면에 관한 한, 박현 옆에 나설 사람이 없다"는 평가에는 조금도 덜함과 더함이 없다고 할 것이다. 3부에 실린 시 18편 외의 다른 시에도 음식이나 식사를 모티프로 한 시가 다수 있기에 이러한 평가는 그의 음식 시가 언급된 시들에만 국한될 것은 아니요, 박현 시인의 특장이라고 보는 것이 옳다.

2.

박현의 이번 시집은 이전 시집에서 융기하기 시작한 시적 맹아의 가장 바람직한 완결이라고 보아도 무방할 것이다. 앞 시집의 18편과 이번 시집의 사이에 어떤 다른 사유의 나이테 같은 것이 발견되지는 않으나 맛에 대한 탐구는 더 깊어졌고, 그만큼 생의 슬픔과 곡절에 대한 수용력도 더 커졌

131

다. 가히 음식 시의 완성이라 부를 만하다. 그의 이 놀라운 작업은 두 가지 측면에서 매우 특기할 만하다. 우선 일견 평범하기 짝이 없는 토속의 음식들이 가지는 진미를 소개하는 데 매우 빼어나다는 점이고, 다른 하나는 그 음식의 역사에 더하여 그 음식을 먹는 사람들의 역사를 써내는 데에도 성공했다는 점이다. 전자는 감각의 영토를 확장했다고 할 만하고, 후자는 평범한 사람들의 삶에 생의 활기를 불어넣었다고 평할 만하다. 사실 박현의 시에서 다루어지는 토속적인 음식들은 요란뻑적지근한 음식이 아니기에 그 맛을 특정하기가 도리어 쉽지 않다. 더욱이 단순히 삶고, 굽고, 찌면 끝나는 음식이 아니라 재워 두고, 발효시켜야 하는 음식들처럼 원숙한 맛에 이르기 위해서 필요한 그 기다림의 시간들을 박현은 인생의 숙성으로 유비시켜 그 깊은 맛을 낱낱이 살려 놓았다. 나아가 맛에 대한 표현과 그 맛을 지속하는 역사성의 표현이란 따로 떼어낼 수 있는 것이 아니기에 이러한 시적 작업은 가치 있는 일일 수밖에 없다.

그리고 여기에는 하나의 역설이 있다. 가령 씀바귀(「씀바귀 겉절이」)나 아주까리(「아주까리」), 비름나물(「비름나물」)처럼 쓰고, 독이 있고, 슴슴하고 비릿한 푸성귀처럼 먹기에는 거북살스러운 맛이 나는 것들을 오히려 먹을 만한 음식으로 만들어내는 조리의 기원에는 가난과 궁핍, 그리고 힘겨운 노동과 삶이 놓여 있다는 점이다. 먹을 것이 궁해서 지천으로 널린 푸성귀들로 반찬을 만들어 먹었는데, 그것이 오히려 식탁을 풍성하게 만든 것이다. 힘 있고 돈 많은 사람들은 못 먹는 음식, 맛볼 수 없는 음식이다. 전통적으로 콩비지나 청국장처럼 신선 보관이 어려워서 얻어진 발효 식품이 있는가 하면, 늦가을의 청양고추로 만드는 장아찌(「청양고추 장아찌」)나 단풍든 깻잎으로 만드는 장아찌(「손바닥 부처」)처럼 버리기에 아까워서 만든 찬거리들도 있으니 빈자의 성찬이란 참으로 아이러니라 하지 않을 수 없다. 옛날부터 '천하의 진미는 농부가 먹고 그 다음 가는 것이 임금님 밥상으로 간다'는 말이 있다. 더 맛있는 작물을 농부가 먼저 먹게 되는 이유는 사실 가장 맛있는 열매는 벌레가 제일 먼저 탐하기 때문이다. 벌레 먹은 열매를 진상할 수는 없는 노릇이기에 겉보기에 멀쩡한 것들을 진상품으로 올리고, 벌레 먹은 것, 못생긴 것들이 농부의 차지가 되니 알고 보면 가장 맛있는 열매는 농부가 먹게 되는 셈이다.

서리 내리기 전
걷어 둔 고춧대에서
고춧잎과 다 영글지 못한 풋고추를 훑어냅니다

고춧잎은 삶아 말려 두었다가
무말랭이 무침을 할 때 고명처럼 넣기도 하고
한 이틀 소금에 삭혀
고춧가루와 진젓으로 간하여 별찬(別饌)으로 먹습니다
초간장을 부어 두었다가 곁들임 찬으로 먹어도 좋습니다

애동 고추는 밀가루 묻혀 쪄내어
양념 발라 먹으면 맛있습니다
독이 오른 풋고추는 소금물에 삭혀
동치미 담글 때 국물내기용으로 쓰거나
통째로 고추장 양념에 무쳐도 먹을 만합니다
배를 가른 후 찹쌀풀 발라 말려 기름에 튀기면
반찬으로도 심심한 겨울밤 간식으로도 좋은
고추부각이 됩니다

다 뜯기고 난 고춧대는
소 여물 끓이는 땔감으로 씁니다

참 맵게 살다가
매운 끝 보여주고 떠나갑니다
열매 한 톨
잎 한 장 허투루 쓰이지 않고
알뜰살뜰 살다가 떠나갑니다

날이 갈수록 비대해지는 몸뚱이
나이 들수록 비루해지는 주둥이
매운 고춧대로 좀 맞아야 합니다.

　　　　　　　　　　　　　　　　-「고추걷이」 전문

자연에 기대어 살아가야 하는 농부에게 서리는 한 해 농사의 끝을 의미한다. 만사에는 다 때가 있고 그에 따라 할 일이 있다. 서리가 내리기 전에 고춧대를 걷어내고 겨우내 밭의 지심을 쉬게 한다. 히말라야의 라다크에서 귀한 물을 마시고, 씻고, 헹구고, 빨래하고 남은 물을 허투루 버리지 않고 식물들에게 흘러가게 하듯이, 고추를 지어 먹는 사람들은 그야말로 고추의 모든 것을 다 소비한다. 고추와 고춧잎, 고춧대까지 남김없이 쓰임이 있다. 늦은 소출에 제대로 영글지도 못하고 추수된 고춧대지만, 고추와 잎으로 만드는 찬만도 대여섯 가지가 넘는다. 누군가는 무말랭이 속에 든 그 작은 잎이 무엇인지도 모를 터이나, 늦가을걷이로 따로 떼어내 삶아서 말려 두었던 고춧잎이다. 고추는 고추대로 쪄 먹고, 동치미에 넣거나, 고추장 양념에 무쳐 먹고, 또 부각도 만들어 먹는다. 조리 방법에 따라 반찬도 되고 간식도 된다. 장아찌를 담그거나 동치미에 넣거나, 튀기거나 고추의 감칠맛은 각각의 조리에 따라 풍미를 더하되, 보존 기간은 더 길어지니, 한겨울처럼 푸성귀를 구하기 귀한 철에는 또 이렇게 재어둔 음식을 먹는 것이 생존의 전략이고 지혜이다. 날이 추워지고 집 안 생활이 길어지는 겨울에는 가축들 먹일 푸성귀가 없으니 마른 볏짚단 같은 것들을 주로 먹이다가 한 번씩은 걷어 말려두었던 고구마 줄기 같은 것을 솥에 삶아서 주면 가축에겐 이 또한 별미고 보약이다. 이렇게 소여물을 쑬 때에도 마른 고춧대는 불이 잘 붙는 좋은 땔감이 된다. 이렇듯 고추의 모든 부분이 다 쓰임이 있다는 것은 마치 고추의 모든 시간이 다 의미화된다는 것으로 읽어도 무방해 보인다. 남김없이 쓰인다는 것은 얼마나 아름다운가. 마치 거기에 신의 뜻이 있다는 것 같다. 그리고 그 뜻을 헤아려 찾아낸 조상들의 지혜가 담겨 있다는 의미이기도 하다. 시는 이 완전한 시간을 이야기한 후, 사족처럼 전래의 해학을 하나 덧댄다. 고춧대의 다른 효용. 그것은 회초리이다.

3.

박현의 이번 시집이 더 빛나는 지점은 앞에서도 이야기했다시피 음식 시를 통한 기원 찾기에서이다. 시집의 대문시 「나무새 밥상」에서 그는 이렇게 썼다.

> 산하의 푸새
> 잎맥마다 새겨지고 흐르는
> 슬픈 맛과 향기
>
> —「나무새 밥상」 부분

인용한 부분에서 유의할 것은 산하와 푸새의 동일성, 그리고 그 속에서 삶을 유지하고 있는 사람들 사이의 순환적 관계이다. 이 산하의 푸성귀들이란 결국 이 산하에 묻힌 사람들의 몸과 삶을 양분 삼아 자라난 것이라는 '불이'의 관점,

그것이 박현의 관점인 것이다. 불가에서 말하는 보편적인 이치로서의 불이가 아니라 "눈 감지 못하고 묻힌 역사"를 떠올리게 하는 매개체가 곧 산하의 푸성귀(참취, 개미취, 각시취, 미역취, 곰취, 서덜취, 곤데서리, 곤드레, 원추리, 명이나물, 더덕, 도라지, 천마, 송이버섯, 표고버섯, 능이버섯, 싸리버섯의 열거)라는 박현의 말과 "함부로 젓가락으로 헤집을 수 없다"는 태도는 모골이 송연해지는 역사를 떠올리는 적극적인 의식과 지향점 때문이다. 맛이 슬픈 까닭이 여기에 있다. 여순 사건과 4·3을 모티프로 하고 있는 다음의 시들에서 이러한 관점은 더욱 선명하게 드러난다.

돌산도 둔덕밭의 개채(芥菜)는
곡비(哭婢)로도 채우지 못한 울음소리를 듣고
무럭무럭 맵게 자란다
이우지의 가슴팍에 총을 겨누지 않았다는 이유로
국군이 쏜 총알에 허리 끊어진 첫째
어린 막둥이의 반짝이는 이를 찾는
어매의 호미질 소리를 듣고 자란다
갓밭 가생이에 동백도 심지 않았던 어매
남은 자식 목숨 잇기 위해
이 악물고 갓김치 담그다
손톱 끝이 새빨갛게 멍들었다.

　　　　　　　　　　　　　　　－「갓김치」 부분

한라산 고사리 고기처럼 맛있다
그도 그럴 수밖에
뿌리 아래 묻힌
아방, 어멍, 큰성, 당아시
할망, 하르방, 동네 삼춘들의
살과 피를 먹고 자라났으니

―「한라산 고사리」 부분

목포 바닷가에 사는 이들은
갈치를 먹지 않는다는 말을
어릴 적 들은 기억이 있다.

―「고사리」 부분

「갓김치」에서는 여수 돌산도의 갓김치가 명물이 된 이유를 여순사건의 피맺힌 한에서 찾는다. 이웃의 가슴에 총을 겨누지 않았다는 이유로 국군은 양민의 허리를 쏘았고, 어린 막둥이를 쏘았다. 기실은 이념과는 아무런 관련도 없는 사람들이 무참하게 희생된 저 역사적 사건을 뒤로 하고 그러나 남은 자식들을 살리기 위하여 어미가 흘릴 수밖에 없었던 울음 소리, 호미질 소리를 듣고 자라서 맵다는 주석은 갓의 아리고 매운 맛과 그것을 김치로 담가서 파는 사람의 쓰라린 사연을 절묘하게 결합시켰다. 「한라산 고사리」에서는 "한라산 고사리가 고기처럼 맛있"는 이유가 4·3 희생자들의 살과 피를 먹고 자라났기 때문이라고 말한다. 소름끼

치는 저 표현은「고사리」에서는 갈치를 먹지 않는 목포 사람들의 이야기로 확대 변용된다. 시골에서 자라면서 가장 흔하게 들었던 괴담 중의 하나가 사람이 바다에 빠져 죽으면 제일 먼저 달려드는 물고기가 갈치라는 것이었다. 시체를 먹고 살이 쪄서 갈치가 맛있다고도 하고, 실제로 물에 빠져 죽은 사람을 건졌더니 눈이 없었는데 이 눈을 파먹은 것도 갈치의 소행이라고도 했다. 아마도 인용한 시「고사리」에서 목포의 바닷가 사람들도 같은 이야기 때문에 갈치를 먹지 않는다고 했을 것이다. 죽은 사람들은 이렇게 그들이 묻힌 산하를 통해 자연으로 순환하고, 그들이 묻힌 산하에서 나는 '푸새'들의 그 절묘한 맛은 꺼림칙하게도 역사의 한 맺힌 이야기와 결합하며 전승된다. 그래서 '고기처럼 맛있는 고사리'라는 말의 이 아이러니컬한 명명은 한편으로는 무차별적으로 피어오르는 탐욕스러운 식욕을 해체하고, 다른 한편으로는 생의 가장 근원적인 감각 속에 역사적 피맺힘을 기재하기에 이른다.

그래서「삼합」같은 시에서 궁극의 조화를 맛의 머리에 두면서도 다시「다산 식탁」이나「미식가」,「미슐랭, 안나의 집」같은 작품에서는 먹는 일이 빈부의 계급화와 연결되는 지점에 대해서 비판적인 태도를 가지게 하는 것이다. "음식이란 목숨만 이어가면 되는 것이다/ 아무리 맛있는 고기나 생선이라도/ 입안으로 들어가면 더러운 물건이 되어버린다"는 다산의 가르침에서도 엿보이지만, 이번 시집에서 박현이 높은 가치를 두는 음식은 대체로 가난한 자의 식탁을 풍성하게 하는 음식들, 가난과 고통을 이기게 하는 양식들이다. "수세미 속살같이 거친 세상/ 천원으로 사람대접 받을수 있는" 광주 대인시장 "해 뜨는 식당"의 "사람대접"에서 "숭고한 마음씨"를 읽거나(『천원 식당』), '용광로처럼 끓는 멸치 육수 위에서 꽃처럼 하얗게 피어난 수제비'를 "배곯은 이의/ 하느님이다"라고 상찬하는 것은 모두 어렵고 복잡하지 않은, 간단하고 수수하게 건넬 수 있는 온정의 가치에 대한 박현 시인의 감응을 잘 보여준다. 제아무리 맛의 깊이를 치장하려고 들어봤자, 맛을 감각하는 일은 허기에 휘둘리는 일일 수밖에 없고, 진귀한 맛과 좋은 기름기라고 해 봐야 몸에 들어가서 "더러운 것"이 될 밖에 없는 것이다. 거기에서 마땅히 살아갈 힘을 얻으면 그뿐, '기름진 담론'을 일삼는 "지식인의 식탐은 부끄러운 욕망"이요(『닭똥집』), "구멍에서 풍기는 악취"(『미식가』) 일일 뿐인 것이다.

4.

서두에 맛을 논하는 일의 취약성을 짚었지만, 다른 말로 하면 맛을 논하는 것은 언제나 그것과 연관된 '다른 것'을 말하는 것이 되기도 한다. 그래서 박현의 음식 시들은 공동체의 역사를 더듬어 생생하게 전승하는 이야기이기도 하고, 보잘것없는 삶을 긍정하는 건강하고 힘센 철학이기도 하며, 개별적인 삶의 내러티브와 만나면서 한 인물의 보잘것

없는 삶을 축약시켜 떠오르게 하는 '조건 반사'의 매개체가 되기도 하는 것이다. 한스러운 삶을 살았던 할머니의 별 볼 일 없는 삶에 대한 약사를 비름나물의 맛으로 대치하는 시는 얼마나 요령 있는 축약인가(「비름나물」). "족보까지 팔아먹고 인천으로 야반도주한 당숙/ 구척장신의 장정이/ 자식 셋을 남겨 두고 교통사고로 죽었을 때/ 그의 손에 들린 것도 보름달 빵 세 봉지였다"고 전할 때, "보름달 빵" 세 봉지는 죽으면서까지 세 자식의 입을 생각하는 가장의 뭉클한 이야기이다. 이렇게 야반도주와 부성애가 아이러니의 안팎을 이룰 때 '보름달 빵'은 마치 인류세의 흔적인 양 처연하다. 그런가 하면 "연탄 배달을 끝내고 돌아와/ 언 몸을 녹이시라고 끓여 둔 동태탕"을 대접도 못 해 보고 어미의 사망 소식을 듣는 딸이 이후로 동태탕을 먹지 않는 가슴 아픈 이야기는 또 어떤가. 음식이 일정한 맛에 도달하기 위해서 재료의 '독소'를 제거하고, 먹어 소화시키기 좋은 맛과 상태를 갖추기 위해서 칼질과 갖은 양념과 센 불의 열기를 감당해야 하듯이, 삶의 이야기가 완성되기 위해서도 거기에 마땅한 아픔과 상처, 고난과 고통 들이 스며야 하는 것은 음식 시를 통해서 맛볼 수 있는 성찰의 역설이 아닐 것인가.

어머니의 삶과 부엌의 공간성을 아스라하게 겹쳐놓은 절묘한 「부엌 풍경」이나 아비의 묵묵히 한 서린 생애를 축약하는 「사잣밥」 같은 시는 또 어떤가. 음식은 그 음식의 맛을 전해준 앞 대의 사람들의 삶 그 자체이고, 그것의 가장 농축된 상태가 '맛'이다. 맛보는 탐욕보다는 먹이는 숭고함에 시

종했던 그들이기에 그들이 남긴 음식에는 슴슴하고 밋밋하나 곡진하고 가열하며, 처연하고 서러운 이야기와 맛이 담겨 있다. 그리고 이는 박현의 시가 궁극적으로 되고자 하는 목표가 무엇인가를 새삼 돌이켜보게 한다. 그는 「수제비」에서 "나의 시도 몇 편쯤은 수제비처럼/ 뽀얗게 떠오르길 빈다"고 썼다. 그에게서 가장 좋은 시는 절대적인 아름다움이기보다는, 이렇게 배곯은 사람에게 하느님 같은 시, 세상이 이렇게 아무렇지도 않은데, 홀로 백척간두에서 대롱대롱 매달린, 세상의 끝을 사는 이에게 '내 편'이 되어주는 시, 못 배운 사람도 위로받는 시, 쓰러진 사람을 일으켜 세우는 시, 밥 같은 시인 것이다. 든든하고 든든하다.

가계도에 적힌 무수한 이름들에게서
버림받아 떨 때
얼마나 더 무거운 짐을 지고 찾아가야만
쪽잠의 쉼이라도 허락하시려는가
구원자라니 믿고 매달렸던 그도
그의 아비도 나를 팽개치고 외면했을 때
응답은커녕 눈길도 주지 않아 엎어져 울 때

나를 일으켜 세워
부러진 목뼈를 맞춰 주고
등짝에 묻은 흙먼지를 툭툭 털어준 뒤
아무것도 추궁하지 않고

시답지 않은 충고 따위 쥐어주지 않고

향기와 악취 모두 내 것이라고

익은 것과 날 것 전부 내 것이라고

훈김으로 알려주던 내 편

생의 유일(唯一)한

시.

—「밥」부분